Catalina Jacob

Espejo roto:

Nebun

Jacob, Catalina Belén

    Espejo roto : nebun / Catalina Belén Jacob ; editor literario Carlos Jacob ; Maria Celina Saa ; ilustrado por Cristian Vidal. - 1a ed . - Monte Grande : Catalina Belén Jacob, 2017.

    88 p. : il. ; 18 x 13 cm.

    ISBN 978-987-42-3188-8

    1. Literatura Fantástica. I. Jacob, Carlos, ed. Lit. II. Saa, Maria Celina, ed. Lit. III. Vidal, Cristian, ilus. IV. Título.

    CDD 398.2

Titulo original:

Espejo roto: Nebun

Autor:

Catalina Jacob

Correcciones:

Ma. Celina Saa.

Carlos A. Jacob

Diseño de tapa:

Cristian Vidal.

ISBN: 978-987-42-3188-8

Dedicado, con amor y locura, a las dos razones de eso mismo, mis hijos, mi Eros y mi Luna. *"No hay fuerza más peligrosa que la del amor y la locura; los quiero locos y enamorados y no cuerdos e infelices"*

Gracias mi amor, por apoyarme siempre en mis locuras, por darme alas, papel y pluma, por tu colaboración, tu inversión y tu abrazo eterno. Te amo Cris.

Y un GRACIAS muy especial, a las familias de Multifamilias, a esas mamás y papás que siempre se toman dos segundos para leerme, por haberme empujado a este abismo y abrazado mí caída con cada aliento. Gracias a ustedes, soy inmortal.

Espejo roto: Nebun

Espejo roto: Nebun

Espejo roto: Nebun

-I-
-El paraíso-

Saltó. Nadie escuchó los gritos previos, pero sí el impacto de su cuerpo contra el pavimento. Allí estaban todos mirando su desmadejado cuerpo en el suelo. Un charco carmesí tiñó su ropa.

«*Era tan buena*» decían entre lágrimas frescas. «*Se merecía el cielo*», se lamentaban. Pero de su vida habían hecho un infierno. Ignorando sus gritos previos, anulando su esencia y censurando sus palabras. Ignorada en vida.

A los tres días se preguntaban qué era la mancha de sangre en la calle. Al mes, la tumba estaba cubierta de yuyos. Para los diez años ya su nombre estaba olvidado.

Era tan buena, se merecía el cielo; quiso volar de su infierno y el pavimento abrazó sus entrañas y el frío de la indiferencia la arropó. Allí donde los yuyos crecían salvajes, donde nadie recordaba su nombre, Nebun sonreía, con la cara desfigurada y ya sin lágrimas en los ojos.

Cada noche, cuando el manto estelar cubría el firmamento, Nebun se levantaba y abandonaba de su lecho húmedo, y recorría el Camposanto. A veces, acompañada de las alimañas nocturnas, a veces sola con sus pensamientos. Pero siempre con una sonrisa en su desfigurado rostro. Siempre con la locura brillando en sus ojos velados. En poco tiempo había recorrido de palmo a palmo el cementerio, conocía cada tumba y nicho, se alegraba por las flores que decoraban las tumbas, y al mismo tiempo una punzada de dolor la recorría cuando se encontraba frente a alguna sepultura nueva. Su tumba yacía cubierta completamente por la salvaje vegetación.

Comenzaba a aburrirse de la monotonía de este paraíso, el eco de sus gritos ya no espantaba a las aves nocturnas, su cabello cada vez que se lo arrancaba a tirones, reaparecía cuando la luna volvía a reinar.

Una noche, cerca de la hora de las brujas, mientras observaba el vaivén del viento en las desnudas ramas de los árboles, escuchó un sonido. La sonrisa medio desdentada centelló en la oscuridad, y emprendió un paseo en busca de aquel sonido. Esperaba que fueran excursionistas, pues hacía tiempo había notado que, de vez en cuando, algún grupo de niñatos paseaba por el Camposanto de noche en busca de fantasmas. Cuando eso sucedía ella les daba el show que buscaban y más; pero hacia un largo tiempo que no aparecían esos grupitos. Se agazapó tras un nicho y observó manteniéndose lo más quietita que su tembloroso cuerpo le permitía.

Frente a una tumba fresca, había una persona arrodillada. Desde la distancia podía notar la leve sacudida de aquel cuerpo. Sus ganas de montar un show desaparecieron. Nebun volvió a su lugar, caminando a paso lento. Iba pensando en que nadie nunca se había arrodillado en su tumba, nadie nunca le había dejado flores o arreglado el césped. La vegetación la abrazó cuando se recostó en posición fetal a la sombra nocturna de su lápida.

Quiso sonreír y no lo logro. El frío del amanecer le caló los huesos rotos. Nebun lloró hasta que el sol acarició el nombre tallado en la piedra.

Cuando despertó, la noche siguiente, volvió a escuchar un sonido cerca, pero no se movió. Pasó varias noches más sin moverse de su tumba, dejando que los gusanos retozaran en su carne fétida, mientras el sonido se repetía cada noche un poco más cerca.

Le tomó un par de días reponerse del festín de los gusanos. Cuando emergió al fin, una rosa blanca decoraba su tumba. Nebun sonrió con la cara desfigurada y la sonrisa iluminó la locura en sus ojos, más allá de los dientes partidos y los huesos rotos. Estaba feliz como jamás en su vida se había sentido. Porque había vivido un infierno en su vida, porque su muerte, era el más hermoso de los paraísos.

Espejo roto: Nebun

-II-
-Amigas-

Una noche, mientras Nebun contemplaba la rosa de su tumba, una idea cruzó fugazmente su cabeza. Se levantó del suelo sacudiendo infructuosamente su pantalón ensangrentado, y caminó trastabillando hacia donde había visto por primera vez la figura con arrodillada. Allí, otra rosa blanca decoraba un nicho. Sonriendo, comenzó a recorrer nuevamente el Camposanto, tomando nota de los sutiles cambios que habían sucedido desde su amargo exilio de autocompasión. En varias tumbas había rosas blancas que brillaban trémulas con los rayos lunares. Eran tan hermosas, tan perfectas, que no se marchitaban con el correr de los días. Eran rosas blancas de polvo de estrellas, eternas, inmortales, como las almas de todos aquellos que residían en aquel Camposanto.

Cuando las noches dejaron de ser claras y despejadas, cuando las nubes plagaron el firmamento con sus caricias esponjosas, la lluvia cayó a la tierra, dejando aquí y allá fosas húmedas de lodo. Los paseos nocturnos de Nebun se vieron levemente interrumpidos, pues cuando salía y la lluvia la bañaba, su cabello se pudría más rápido que su carne y sus pasos quebrados se estancaban en pozos poco profundos.

Así se encontró una noche con la tormenta rugiendo en los cielos, quebrando el firmamento con sus rayos, rompiendo el aire con sus truenos; el lodo hasta la mitad de su cadera rota, los pies congelados, tratando sin lograrlo de liberarse de aquella prisión helada, cuando unos pasos y unas risas amortiguadas la obligaron a dejar de luchar. Era un grupito de adolescentes, probablemente esperando encontrar algún espíritu errante. Una sonrisa quebrada afloró en sus labios y se sumergió en el lodo.

Los pasos pronto se hicieron más cercanos, mientras la tormenta luchaba por conquistar los cielos. Bajo el lodo todo se oía lejano, pero Nebun sabía que estaban a menos de un metro de ella.

Contó hasta tres y emergió gimiendo y gritando, mostrando los dientes rotos y los huesos quebrados de sus manos, con los ojos en blanco y la lengua a un lado. Los gritos asustados rebotaron en el Camposanto, compitiendo contra la tormenta salvaje. Qué importaba que el pelo se le pudriera de tanta lluvia y lodo. Aquellos gritos histéricos, aquellas carreras a ciegas entre el fango y las tumbas le alegrarían las próximas noches de insana tormenta. Su carcajada histérica llenó la noche silenciando los truenos.

Al final, cuando la calma reinó en los cielos y la risa dejó de hacerle cosquillas en la garganta, permitió que la lluvia lavara de ella el lodo. Poco a poco sintió que la fuerza de succión de la trampa de barro disminuía. Trató de salir impulsándose con la parte superior de su cuerpo, más el hueso roto sobresaliente de su cadera se atoró en la orilla enlodada. La lluvia no amainaba y el amanecer estaba muy cerca. La desesperación comenzaba a hacer mella en ella. Barajó la idea de desprenderse de aquel hueso, pero el peso muerto de sus piernas le haría imposible de salvar el fango.

Las gotas de lluvia disimulaban sus lágrimas. Su cabello, anudado y empapado, se le pegaba al rostro. Quería chillar de rabia y dolor, quería arrancarse la mitad del cuerpo y arrastrarse hasta su lecho.

—Ayuda —murmuró ahogada. Mas nadie habitaba el cementerio a esta hora, y la lluvia aplacaba su voz suave.

El frío comenzaba a darle sueño. Las sacudidas de su cuerpo eran lo único que la mantenían con los ojos abiertos, escaneando todo en busca de ayuda. Dos parpadeos perezosos, el frío la mecía, el viento la arrullaba. El sueño estaba acariciando su cabello. Una sonrisa tímida cubrió sus labios.

— Hola.

Qué curioso, el viento nunca antes la había saludado. Entreabrió un ojo y luego el otro, parpadeando levemente, alejando las garras del sueño de su mente.

—Ayuda—murmuró. El cansancio y el sopor la vencían de nuevo. Sintió como era arrastrada fuera del pozo. Sonrió perdida en el mundo de los sueños, notando el agarre helado y firme bajo sus axilas. El césped y el barro acariciaban sus piernas mientras era transportada.

Cuando despertó la noche siguiente, estaba en una tumba que no era la suya y aquello la asustó. No recordaba haber salido del pozo. Alzó la mirada y la luna le sonrió en el cielo despejado, con las estrellas titilando con alegría. A su izquierda una sombra captó su atención. Trastabillando y maldiciendo a su cadera rota, Nebun se levantó de aquel lecho apoyando el peso de su cuerpo contra la lápida. El hueso de su cadera ardía y un dolor nuevo, debajo de su rodilla, pulsaba llamando su atención. Enfocó su mirada en la sombra que la observaba. Una persona encapuchada.

La encapuchada se acercó, quedando frente a ella. Observando su cuerpo roto sostenerse solo por su voluntad.

Se arrodilló a un lado y tomó un pedazo de madera del suelo. Nebun no apartaba la mirada de la misteriosa sombra. No veía nada bajo aquella capucha, y las finas manos estaban envueltas en guantes negros.

— ¿Cómo te llamas? —preguntó la figura de la capa, aquella que solía dejar rosas blancas en las tumbas. Miraba su pierna rota, y con la mirada parecía pedirle permiso para tocarla.

—Nebun —susurró suavemente y asintió, sintiéndose cohibida.

La encapuchada rasgó parte de su pantalón manchado y con la tablilla de madera le hizo un cabestrillo. Nebun mordió sus labios, aguantando el dolor cuando las manos frías y enguantadas presionaron su pierna contra la tablilla y la apretaron con el retazo de tela.

—Qué curioso es tu nombre, ¿qué significa? —preguntó la encapuchada.

—Significa loca. —. Y sus pies embarrados y el cabestrillo rudimentario, parecían la cosa más interesante del mundo.

—Vaya, quién lo diría. Tu nombre va tan acorde a ti, como el mío —dijo sonriendo. Nebun levantó la vista y una sonrisa tímida asomó a sus labios. El viento despeinaba sus cabellos.

— ¿Y tú cómo te llamas? —quiso saber.

—Morte. —. Y la capucha se voló descubriendo el rostro de ella. Una sonrisa sin límites y dos pozos profundos le devolvían la mirada.

Ese día se hicieron buenas amigas, porque allí donde Nebun estaba, Morte aparecía.

La locura y la muerte se corrían jugando a las escondidas entre los páramos de la desesperación y la llanura del dolor, asustando a los incautos que buscaban fantasmas vengativos, riéndose hasta quedarse sin aire de las caras presas del pavor. Allí donde el rayito de amor no templaba la tierra fétida, en aquel Camposanto eterno, juntas corrían de la mano, una un poco chueca y la otra un poco fría.

Para siempre, por toda la eternidad, ambas juntas.

-III-
- Lluvia de estrellas-

Una noche la luna se ocultó tras la tierra, negándose a mostrarse ante el mundo. Esa noche no hubo nubes en el cielo, más la brisa fresca y fría del invierno cortaba silbido a silbido la piel infecta de Nebun. Un enrojecimiento casi natural había tintado sus mejillas rotas, dándole una apariencia de vida que no tenía. Se sentó en el suelo de tierra, un poco alejada de los nichos y tumbas y con una rama se puso a garabatear la tierra; un espiral, un corazón, una luna perfilada.

Un destello en el firmamento captó su atención y dejando la rama olvidada se levantó gimiendo de dolor. Un calambre le recorrió la pierna pues había estado demasiado tiempo sentada. Comenzó a caminar a paso lento, tropezando de vez en cuando con alguna rama o raíz, hasta internarse en los lindes del oscuro cementerio. Allí, en un claro, donde los árboles formaban un anillo, un caleidoscopio estelar se reveló ante ella. Miles de millones de pequeños haces de luz bajaban a la tierra desapareciendo poco antes de tocarla. Era un espectáculo maravilloso, y Nebun se sentó sobre una roca para apreciarlo. Cada estrella, con una estela de plata caía a una velocidad imposible de medir, Era un «fiuuuu» fugaz... y ya no estaba a la vista. De repente un estruendo la sobresaltó, y pensando que era algún carroñero guiado por su olfato hacia su cuerpo, Nebun se levantó de la piedra y comenzó a alejarse tan rápido como sus huesos rotos le permitían. El cabestrillo rustico que Morte le había hecho con una tablilla de madera y unos retazos de pantalón comenzaba a soltarse. A cada paso el dolor de sus huesos chocando entre sí la arrastraba al borde de la locura. Quería gritar y aullar de dolor, pero debía seguir su marcha en silencio alejándose de lo que sea que había en aquella arboleda. Cuando al fin divisó la primera hilera de tumbas, Nebun suspiró con júbilo. Estaba tan cerca.

Más, ajena al suelo y enfocada en su meta, no notó la raíz anudada de un árbol y su cuerpo se desplomó al quedar su pie atorado en ella. El grito quebró su garganta, arañando el aire de puro dolor. A su espalda, una rama se quebró en el suelo y Nebun cerró los ojos para contener las lágrimas. Otra rama rota tras ella, y un frío sudor le recorrió la columna.

— ¿Estás bien? — La voz venía desde su derecha. Nebun abrió los ojos y entre sus lágrimas vio a una niña. Quiso decirle que no, que le dolía mucho el cuerpo, pero solo un gemido ahogado se escapó de sus labios, supliendo las palabras.

–Déjame ayudarte —dijo la niña. Con suma delicadeza, la desconocida ayudó a Nebun a sentarse, observando con ojo crítico el cabestrillo roto y los huesos manchados.

—Eso no se ve bien, me imagino que debe doler horrores —murmuró la niña más para sí que para Nebun. Luego se acuclilló a su lado y buscó en sus bolsillos con las cejas fruncidas. De éstos saco una pequeña piedra que refulgía en tonos dorados y plateados —. Ahora, quédate quieta. No puedo arreglar del todo tus huesos, porque supongo que son el resultado de tu muerte, pero puedo hacer que no te vuelvan a doler.

Los ojos de Nebun no perdían de vista los movimientos de la niña, quien con suma paciencia comenzó a frotar la piedra desde el tobillo hasta la cadera. Parecía magia, porque allí donde la piedra era apoyada el dolor remitía, un bálsamo, una suerte de anestesia. Cuando al fin la niña terminó de frotar la piedra por cada hueso roto de Nebun, sonrió satisfecha y le tendió la mano para ayudarla a levantarse.

La mano de la niña era tibia y muy suave. Estando completamente parada, Nebun bajó la mirada a su cuerpo, allí sobresalían aún los huesos rotos, pero no sentía dolor alguno. Una idea cruzó su mente, y sin analizarla, pegó un saltito en su lugar, esperando que, al retomar la tierra bajo sus pies, el dolor la doblara en dos. Pero sus pies tocaron el suelo, y su cuerpo se sacudió levemente, mas no hubo dolor, y la niña sonrió, y aquella sonrisa brillante la hizo sonreír a Nebun.

— ¿Cómo lo has hecho? —le preguntó sin dejar de sonreír. La niña le mostró la piedra, que ya no refulgía y parecía una simple piedra común y corriente.

—Es polvo de estrellas fugaces y sueños cumplidos. Cuando una estrella fugaz roza la tierra un sueño se cumple y se solidifica quedando como una piedra de estrella. Mi trabajo es recolectarlas y utilizarlas allí donde sea necesario— contó mientras guardaba la piedra en su bolsillo—, Esta ya no sirve más, pues te ha ayudado a ti.

—Gracias. ¿Cuál es tu nombre?

—Stea —dijo la niña—. Como mis hermanas en el firmamento.

— ¿Eres una estrella? —preguntó Nebun asombrada.

—Lo fui —respondió perdiendo todo rastro de alegría—. Hace mucho tiempo, una noche como esta, fui enviada a la tierra para cumplir un sueño. Pero algo salió mal y en lugar de simplemente hacerme piedra, tome el lugar de una recolectora de estelas –. Levantó su rostro al cielo y Nebun notó el brillo de las lágrimas.

—No estés triste, al menos tú cumples una función muy importante. En cambio yo, en vida no era más que un margen y muerta eso no cambio mucho —respondió tomando las manos de Stea buscando alegrarla como agradecimiento por la ayuda brindada –. Mi nombre es Nebun, y llegue aquí luego de tirarme de un décimo piso. Por eso estas pintas. Quizás tendría que haberlo pensado mejor y morirme de un modo menos "quebradizo", pero nunca se me dio bien eso de pensar antes de actuar — contó sonriendo.

— ¿Qué pudo haberte llevado a cometer tamaña locura?— inquirió Stea mirándola con atención. Nebun suspiró antes de comenzar con su historia.

—Cuando estaba viva, compartía mi cuerpo con otra persona, Alai. Ella era muy tímida. Y aunque siempre sonreía, solía retraerse en sí misma y sufría mucho. No tenía familia ni amigos, vivía presa del miedo a ser rechazada, por mi culpa —. Los recuerdos de su vida eran puñales en cada palabra —. Cuando la soledad era muy grande y Alai perdía la sonrisa yo le hablaba, la hacía reír. A veces incluso la hacía hacer alguna que otra locura pequeña, pero eso solo empeoraba todo. La gente le temía. Era la chica que hablaba sola, la que se reía a carcajadas en la calle y al instante quebraba en llanto.

«Una vez incluso visitó un médico. Este fue bastante descortés, la diagnosticó con no sé qué enfermedad mental y le recetó unas pastillas para normalizarse. Le dijo que era una bomba de tiempo, un peligro para la sociedad. Asustó tanto a Alai que esa misma noche tomó las pastillas. ¿Sabes lo que es gritar hasta quebrarte las cuerdas vocales en una habitación de cristal? Así me sentía yo. Alai estaba matándome y mis gritos y pedidos de ayuda solo rebotaban en mí".

"Yo seguí gritando y gritando hasta que un día ella volvió a escucharme. Había dejado de tomar la medicación. Entonces, a la noche siguiente, me hice del control de su cuerpo y arroje las pastillas al excusado. Cada noche, antes de dormir, ella se decía que volvería a tomar las pastillas, que se medicaría para así recuperar su vida. Poco a poco la fui volviendo más volátil, sus sonrisas ya no aparecían, me ignoraba la mayoría del tiempo, y yo necesitaba salir, necesitaba de ella como ella necesitó de mí. Una tarde simplemente subió a la azotea y se sentó en el borde de la medianera a contemplar el atardecer. Era una postal muy hermosa, las nubes teñidas de naranja y rojo, el sol brillando suavemente. Fue el último atardecer que contemplamos juntas. Simplemente suspiró y me dijo que fuera libre. No me detuve a pensar, solo sentía el aire cortar mi cuerpo a medida que caíamos".

«Luego desperté aquí, en su cuerpo, pero con el control total del mismo —finalizó Nebun. El amanecer estaba cerca, la lluvia de estrellas había llegado a su fin poco después de comenzar con su relato. Stea la miraba atentamente.

—Pues no es una historia muy linda, pero comprendo tu punto. Es solo que extraño estar con ellas —dijo señalando las pocas estrellas que aun brillaban en el cielo —. Aquí me siento muy sola. — Su mirada volvió a posarse en Nebun y ésta sonrió.

—Bueno siempre puedes venir a saludarme. Tengo una amiga aquí, Morte, ella va y viene por su trabajo, pero sería divertido tener una compañera nueva de juegos. Yo no puedo abandonar los límites del Camposanto, pero siempre estoy aquí cuando el sol se va a dormir.

Stea le sonrió, y asintió efusivamente.

—Me encantaría unirme a ustedes —respondió tomando las manos de Nebun y acariciando los dedos quebrados.

—Entonces, nos vemos en la noche. Ya debo regresar a mi lecho, el sol no debe tocar mi piel, es sensible, ¿sabes?— dijo en broma. Y Stea rio por la ocurrencia de su nueva amiga.

—Adiós, que tengas dulces sueños. —Soltó sus manos y se volteó para marcharse.

—No recuerdo lo que es soñar. Simplemente me recuesto en mi lecho y los sonidos diurnos empapan mis sentidos —susurró Nebun, pero Stea la oyó y sonrió. — Adiós Stea. — Con sus pasos torpes y lentos Nebun regresó a su lecho y se recostó. Fue una buena noche, había hecho una nueva amiga. Alai habría estado contenta.

-IV-
- Atrapa sueños-

Pasaron varias noches hasta que Stea volvió a aparecer. Nebun estaba escuchando una historia de Morte, cuando salió de la arboleda. Lucia muy animada, ya que su sonrisa competía con el brillo lunar.

Morte a su lado parecía incómoda, pese a que Nebun ya le había hablado de Stea. Su huesuda compañera no se sentía a gusto; ella segaba vidas, mientras que la niña recogía sueños cumplidos. Y eso no era una buena combinación. Varias veces se había encontrado con personas que no morían, simplemente por el deseo cumplido de obtener un poco más de vida, retrasando así la lista de tareas que Morte debía realizar.

Cuando Stea se acercó, Nebun notó que en sus manos llevaba un pequeño paquete.

—Hola Stea, ella es Morte— las presentó, omitiendo el bufido de fastidio de la encapuchada.

—Un gusto –respondió simplemente Stea prestándole poca atención, y estirando las manos para entregarle el paquete a Nebun–- Esto es para ti —dijo.

Nebun tomó el paquete y lo desenvolvió con cuidado. Bajo el brillante papel plateado, una pequeña cajita la saludó. Cuando la abrió del todo encontró un atrapa sueños hecho de un arco de sauce e hilos de colores, con plumas doradas y plateadas. Lo levantó con dos dedos y miró a Stea con las cejas fruncidas.

—Es para que puedas soñar durante el día. No es un atrapa sueños convencional. Esas plumas son de un ave muy especial, que en el folclore al que pertenece suele ayudar y guiar a los aventureros en sus caminos. Los hilos de colores, son exactamente de los colores primarios, extraídos de los arcoíris usados. Y el arco, es de la rama más fina y encorvada de un sauce de mil años —contó, señalando los distintos componentes del atrapa sueños.

Morte no dejaba de mirar con una ceja alzada aquel objeto, y Nebun lo hacía girar en sus dedos maravillada por los destellos que emitían las plumas.

—Gracias Stea, es… hermoso. Te lo agradezco mucho—dijo dejando el atrapa sueños de nuevo en la cajita y abrazando a la niña estrella con mucho afecto. Morte se levantó de su sitio.

— ¿Cuántas piedras has tenido que cambiar por los materiales para hacerlo? —preguntó con brusquedad.

Stea se liberó del abrazo de Nebun y miró incómoda a Morte.

— ¿Qué sabes tú de las piedras? —respondió con otra pregunta parándose frente a la encapuchada.

—Sé lo suficiente. Sé que por cada piedra que no es entregada, la luna aumenta su demanda. Sé que si la luna se encapricha y la noche se vuelve eterna tú, yo, Nebun y el resto de las almas mortales o inmortales estaríamos pérdidas por la eternidad —explicó con hastío. Nebun empezaba a perder el hilo de la discusión, no comprendía el valor de aquellas rocas que eran la fusión entre el polvo de estrellas y los sueños cumplidos.

—No entiendo ¿Qué tiene que ver la luna en todo esto? — preguntó totalmente confundida. Morte suspiró y se quitó la capucha. Señaló el firmamento, allí donde la luna brillaba redonda y llena.

—Soberbia nos vigila, allí en su trono. ¿Sabías que la luna una vez fue un alma? Era tan blanca y tan pura que se elevó a los cielos y las estrellas la abrazaron por la eternidad— murmuró con un dejo de enojo. —Entonces, imposibilitada de ir a su descanso final, se desquitó maldiciéndolas, endeudándolas. Cada piedra, debe ser devuelta a ella, para así, crear una luna nueva, hecha con sueños cumplidos. De ese modo la luna podría dejar el cielo e ir a su descanso final.

«Pero si las recolectoras no le llevan las piedras, si comienzan a escasear y son gastadas en la Tierra, la luna puede enojarse, y si se enoja, si sospecha que están saboteando su plan de escape, puede convencer al Sol de tomarse un descanso, y así reinar completamente. ¿Sabes la devastación que causaría que no volviera a brillar el Sol? ¿Cómo crees que las plantas se alimentarían si no recibieran la luz solar? —finalizó. Y se volvió para enfrentar a Stea.

—No lo sabía, pensé que solamente era un satélite natural— respondió Nebun frunciendo las cejas. Morte no le prestó atención.

—No importa lo noble de tu obsequio, si la luna descubre que has descontado piedras de tu recolección, las razones no le van a importar y te va a demandar más piedras, lo cual es tan malo para ti como para mí —dijo. Stea temblaba levemente. Sabia de las repercusiones de sus acciones, sabía que tenía una cuota que cumplir y que ya una piedra marcaba la diferencia. Si la luna lo descubría, estaría perdida, tendría que encontrar más piedras, tendría que trabajar más duro aún.

—Lo sé, yo… yo solo quise ayudar a Nebun, no pensé en el rebote de mis acciones. Lo siento. —dijo bajando la cabeza. Sus cabellos rubios ocultaron su rostro y se sacudió levemente en un sollozo. Nebun le acarició el hombro.

— ¿Y si devuelves las cosas del atrapa sueños? He pasado gran parte de mi vida sin soñar realmente. No seguir soñando lo que me resta de eternidad no sería diferente —comentó sonriendo con ternura.

—No puedo hacer eso. Las piedras ya perdieron su brillo, fueron utilizadas. —respondió levantando la mirada. Sus ojos estaban inundados por perlas de sal.

—Entonces te ayudare a buscar más piedras --aseguró Nebun con una sonrisa quebrada.

— ¿Cómo? ¿Cómo la ayudaras a buscar las piedras? Tú no puedes ver su fulgor o donde aparecerán —intervino en negativa Morte. —No comprendo como una niñata tonta ha sido ascendida a recolectora. — La siempre calmada y seria Morte estaba furiosa. Y Nebun temía que un enfrentamiento no tan verbal entre ellas se avecinara.

—Ayúdanos entonces. – Nebun tomó la mano enguantada de Morte. —Tú misma lo dijiste, su error puede ser tan malo para ella como para ti. Pero tú tienes más libertad que ella y puedes sacrificar algunas de tus almas un tiempo. Porque eso es lo que desean muchas de las personas a las que visitas, ¿verdad? ¿Qué te hace demorar seis meses o un año en recolectar un alma? En dos minutos puedes sumar un par de piedras para compensar la cuota de Stea. —El argumento era bastante convincente, Morte no podía negarlo. Pero achicar su lista por unos cuantos meses, no era algo que le gustara.

Morte observó a Stea. Lucia desanimada, se notaba a leguas que no hacía mucho había sido designada a ésa labor. Recordó sus primeros meses cazando almas. Los mil errores que había cometido (aunque ninguno amenazaba tanto el mundo como los errores de aquella niña, claro). Finalmente suspiró, y se deshizo de la mano de Nebun.

—Bien. Mañana me acompañaras de cacería. Solo concederás aquellos deseos que no superen el año de vida, ¿queda claro? —le dijo a Stea y con eso, se alejó maquinando algún plan para compensar sus pérdidas y las ganancias de la niña.

El sol estaba pronto a despertar y Nebun no quería dejar sola a Stea, sentía su tristeza en el aire. Miró el cielo pronto a aclarar y luego a la niña de cabellos rubios.

—Tengo que irme. ¿Estarás bien? —preguntó preocupada. Stea asintió y enfocó sus ojos en la luna, meditando. Nebun tomó el atrapa sueños y lo colocó en las manos de Stea.

—No, es tuyo —dijo ella devolviéndoselo. Nebun le sonrió y la abrazó fuerte contra su pecho. Quizás si tuviera un corazón latente el ritmo acompasado habría podido sosegar la pena de su amiga.

—Gracias, de verdad. — La soltó y se alejó rumbo a su tumba. Cuando llegó allí, colocó el atrapa sueños enganchado en el tallo de un yuyo y se dejó abrazar por la maleza, sumiéndose poco a poco, mientras el sol se arrastraba por los suelos, en un sueño maravilloso.

Espejo roto: Nebun

-V-
-Espejo-

Nebun despertó cuando el sol se ocultaba y aun los vestigios rojizos predominaban en el cielo. Algunas estrellas precoces ya titilaban en la inmensidad. Había tenido un sueño hermoso. Estaba viva, en una familia amorosa, y Alai era su hermana gemela. Ambas respiraban al mismo tiempo, acompasadas, sincronizadas en todos los sentidos. La risa, las caricias, los abrazos, las charlas, todo era perfecto, todo era lo que siempre había deseado. Se despertó poco después de oír a Alai decirle que la quería. Y aunque se sentía plena y feliz, una pequeña grieta de tristeza la atravesó. Era solo un sueño, se dijo, mientras se levantaba para ver si encontraba a sus amigas.

Terminó de recorrer el Camposanto: sus amigas no estaban. Sospechó que ambas estarían trabajando en la recolección de las rocas para la luna. Sus huesos molestaban un poco, quizás una tormenta estaba pronta a llegar. Paseando por los mausoleos familiares, aquellas construcciones antiguas que se mantenían en pie solo por la voluntad de unos cuantos ladrillos, descubrió una de las puertas abierta.

La curiosidad siempre había sido parte de su esencia, por eso no se sorprendió cuando se descubrió bajando con pasos medidos la oscura escalera hacia la bóveda. Oía pequeños sonidos provenientes del fondo del abismo. Quizás fueran ratones u otras alimañas. Sonrió. Hacía mucho no se cruzaba con alguna, desde que Morte se juntaba con ella, las alimañas la rehuían como si la segadora de almas tuviera en sus funciones robarse el alma de los cuervos y las ratas.

La oscuridad cerrada la abrazó al igual que el hediondo olor a putrefacción y abandono. Evidentemente hacía muchas décadas que nadie bajaba a este mausoleo. Tal y como su propia tumba estaba descuidado y olvidado a su suerte. Bajó el último escalón, avanzó dos pasos, con los sentidos alerta en caso de encontrarse con algo peligroso para su maltrecho cuerpo, pero no había nada. Supuso que los ataúdes estaban apilados en las paredes y más allá en el centro estaría la mesa de ofrendas. Suspiró. Los sonidos se habían acallado cuando iba por la mitad de la escalera, así que desanimada y aburrida se volteó para regresar a la superficie.

Había subido dos escalones cuando un brillo atrajo su atención por el rabillo de su ojo. Volvió a bajar y caminó a tientas en la oscuridad. Había una grieta en una esquina donde el techo y las paredes del mausoleo se unían. Por allí un halo de luz lunar se colaba, vago, hasta rebotar en un objeto en el suelo. Nebun se agachó y lo tomó. Estaba frío, como una placa de hielo, y pesaba un poco.

Cuando emergió a la noche, con aquel objeto fuertemente apretado contra su pecho, caminó unos pasos hacia un banco y se desplomó agotada. Fue entonces cuando admiró al bendito objeto en sus manos. Era un espejo. El marco de metal estaba gastado y tenía una pequeña telaraña en una de las esquinas del cristal velado. El espejo no reflejaba su rostro, pues estaba demasiado sucio por los años de abandono. Con su puño limpió el cristal, pero la mugre no daba tregua. Bufó. Al menos estaba entretenida. Se levantó del banco y comenzó a buscar alguna de las canillas que los familiares de los muertos usaban para llenar los floreros y regar las plantas y árboles del Camposanto.

Puso el espejo bajo el chorro helado del agua y fregó con su puño la mugre que ahora vencida se alejaba goteando hasta sus pies. Cuando se sintió satisfecha con su labor de limpieza, cerró la llave de agua y caminó trastabillando hasta su tumba. Apoyó su espalda en la fría lápida y observó su imagen en el espejo.

Tenía los ojos, antes marrones, ahora velados con el manto de la muerte. Su tez lucía gris, apagada, ennegrecida allí donde los huesos faciales habían atravesado la piel. Uno de sus pómulos estaba completamente pelado hasta el hueso, dejando ver parte de las encías negras y las ausencias dentales. La nariz se veía achatada.

Movió un poco el espejo para ver su cabello. Antes había sido rojo y brillante, con fulgores naranjas y amarillos. Ahora lucía opaco, amarronado, completamente enmarañado. Elevó un poco más el espejo. Por sobre su cabeza, en la lápida casi cubierta por la maleza, se leía Alai. Siempre Alai. Nunca Nebun.

Asqueada y triste Nebun alejó el espejo de su persona. Era una forma morbosa del cuerpo muerto de Alai, y aunque sabía que no había quedado bien luego del salto, aun así, el dolor y la tristeza la embargaron. Los ojos se le llenaron de lágrimas, quemándole las retinas sin vida. Eran muchas para ser contenidas, y poco a poco fueron cayendo, siguiendo a las primeras, formando ríos de sal bajando por sus mejillas hasta la mandíbula rota y colándosele por las grietas de sus huesos. Su lengua paladeó el sabor y se sintió aún más miserable. Con la garganta reseca, con la tráquea rota vibrando por los sollozos y los gritos contenidos, apretó sus labios quebradizos, y aun así el sonido escapó por su mejilla abierta,

como un alarido desgarrador, como una plegaria mal-
dita. Le siguió un segundo alarido, pero sus labios ya estaban separados y las lágrimas entraban a la boca inun-
dándola mientras el sonido salía estrangulado.

Volvió a tomar el espejo y le pego un puñetazo, dejando que los cristales rotos se enterraran en su carne
fétida. La sangre, alguna vez azul, alguna vez roja, ahora
brotaba espesa, negra y agotada, manchando los yuyos y
su ropa ya antes ensangrentada. El goteo perezoso la
hipnotizo. Las lágrimas siguieron cayendo, mezclándose
con la sangre. El amanecer comenzaba a acariciar el
suelo y Nebun, por primera vez, deseo estar muerta
completamente. Arrastrándose hasta quedar abrazada
sobre sí misma, dejo que la sangre y las lágrimas se fun-
dieran creando un charquito entre la maleza. El sol acarició sus pies y el sueño la anestesió. En su sueño no había
dolor, en su sueño no había culpa, en su sueño, ella y
Alai eran dos personas separadas. Eran dos niñas ama-
das. Eran dos niñas con vida.

Espejo roto: Nebun

-VI-
-Las almas-

La luna había regresado a su trono, vigilando con soberbia el mundo. Pasaron varios días y noches antes de que Nebun quisiera volver a salir de su tumba. *La depresión es un círculo vicioso*, pensó. Porque los sueños diurnos le acariciaban el alma y las noches la arrastraban de los pelos a la realidad. Había matado a Alai, y con eso se había condenado a errar en muerte por el resto de la eternidad. No tenía idea si, llegado el caso, podría realmente morir algún día. Su cuerpo se pudría, sí, pero su mente seguía funcionando, y con las carnes fétidas aun avanzaba. Se quedó recostada, mirando el firmamento estrellado, perdida en cavilaciones sobre su no-existencia, mientras la culpa aún le apretaba la garganta.

La capucha de Morte se posicionó sobre su cabeza, observándola atentamente. Stea apareció a su lado. Ambas la miraban en silencio, como debatiéndose entre quien de las dos haría la obvia pregunta: ¿por qué la siempre despierta y loca Nebun no quería salir de su lecho?

— ¿Estás bien? —La voz suave de Stea la obligó a levantar la mirada. Asintió no muy convencida. Y por supuesto, sin convencer a sus amigas.

— ¿Sucedió algo mientras no estábamos? —preguntó Morte con seriedad.

— ¿Podré morir algún día? —interrumpió Nebun sin responderle a la encapuchada —. Digo, ya estoy muerta, técnicamente. Pero mi esencia, mi alma, mi espíritu o como quieran llamarlo, ¿podrá morir algún día? —Tenía millones de preguntas aguijoneándole la mente, pero esa era la más importante.

Morte se movió, sentándose a su lado y Nebun se incorporó, mirándola fijamente, esperando que comenzara a hablar.

— ¿Cuántas personas como tú has visto aquí desde que despertaste luego de tu muerte? Ninguna. – Nebun iba a interrumpirla pero la segadora alzó su mano acallándola. Stea se sentó al lado de Nebun y tomo su mano. —Hay tres tipos de almas. Las almas que trascienden cuando completan su ciclo de vida natural, o sea mueren de viejos o por alguna muerte no traumática. Las almas que aún tienen asuntos pendientes con la vida, que renacen pocos meses después de la muerte del cuerpo físico. Y las almas que no han tenido la oportunidad de vivir. Como los bebes muertos en el vientre de sus madres por causas naturales, o en tu caso, las almas que ocupan cuerpos que ya tienen un alma asignada".

«Los tres grupos de almas tienen una razón para su existencia: aprender. Cada una cae en la tierra en el cuerpo y familia que le corresponde, porque es allí donde aprenderá lo que en la vida anterior no ha aprendido. Quizás en una vida fuiste una niña mimada, con padres que te han dado hasta sus últimos alientos, y aun así no habías aprendido a valorar nada de lo que tenías ni de lo que eras. Quizás en tu siguiente vida, veías el mundo desde otro prisma, valorando cada pequeña cosa, cada gesto, cada detalle, conociéndote profundamente y aceptándote tal cual eras, siendo virtuosamente humilde".

« Hay cinco aprendizajes que debe tener un alma para finalmente descansar y no regresar. El amor: un alma debe enamorarse o encontrar a su alma gemela. Este es el aprendizaje más difícil, pues puede tomarte muchas vidas dar con aquel otro ser. Mas no es imposible, porque en cada vida vas aprendiendo distintos matices del amor, no porque ames menos a esas personas, sino porque esas personas te ayudan a entrenarte para cuando finalmente aparezca el amor final, ese que te complementa".

«La amistad: muchas almas creen que por tener un surtido enorme de amistades en cada vida ya han aprendido todo sobre la misma, y se equivocan. La amistad no es solo tener amigos. Es una relación simbiótica, de apoyo, acompañamiento y cariño. Algunas almas se enamoran de sus amigos y esas amistades se rompen, finalmente esa amistad no era real. Algunas otras amistades sufren grietas por falta de confianza o exceso de ella, y de igual modo solo fue una amistad irreal, unilateral y vacía. Una amistad real, es aquella que trasciende tiempo y espacio, es cuando eres capaz de sacrificar la humanidad con tal de ayudar a un amigo en problemas – dijo mirando a Stea con una sonrisa.

«Luego está la humildad; la virtud más blanca y más fácil de corromper en los humanos. La humildad es aceptar lo bueno y lo malo de cada uno y no vanagloriarse de eso. Está ligada con la bondad, porque una persona humilde es capaz de sentir bondad por cualquier ser que habite el universo».

«La valentía también es un aprendizaje. Las almas no saben de valentía, no conocen lo que es enfrentarse a un camino dividido, y deben aprender que quizás el camino más recto y liso no es el camino adecuado; por eso deben aprender a ser valientes y transitar caminos más espinosos. Y es allí donde aprenden la última enseñanza: el dolor».

«El dolor… no como dolor físico, sino como agonía constante. El dolor de amar y no ser correspondido por confundir el amor verdadero. El dolor del rechazo, el dolor de perder seres queridos. El dolor es la crudeza misma, es tomar el camino espinoso de la valentía y avanzar descalzo sobre las púas, y aun así sonreír pese al dolor por el camino recorrido".

«Las almas que finalmente transitan la vida con valentía, perdiéndole el miedo al dolor, rodeada de amistades reales, conociéndose y aceptándose con todo y defectos, buscando el amor real, esas almas finalmente trascienden y no regresan. Porque preparan del otro lado del velo de los espíritus a las almas que deben reincidir en la vida física, aconsejándolas, guiándolas, aunque luego estas olviden esas charlas, aunque luego se reinicien en sus búsquedas y aprendizajes, allí definitivamente descansan — finalizó la muerte, con la emoción vibrando en su voz. ¡Quién lo diría! La muerte, segadora de vidas, recolectora de almas, sentía una emoción y un orgullo inimaginable al ayudar a un alma completa a finalizar su estancia en la Tierra. Los ojos de Nebun estaban tan llenos de lágrimas como los de Stea, quien apretaba su mano con sumo afecto.

—Entonces, debo aprender —dijo Nebun con la voz ronca. Morte asintió.

—Nosotras te ayudaremos —aseguró Stea.

—Ya has aprendido dos conocimientos. El primero en vida, el dolor. Has sentido el dolor del rechazo, el dolor por la muerte de Alai y el dolor por su abandono cuando estabas con ella. —Morte levantó un dedo enguantado. —Y la amistad la has aprendido con nosotras. —dijo alzando otro dedo.

—No, te equivocas, ha aprendido cuatro de los cinco conocimientos —alegó Stea mirando a Nebun –. Has aprendido de humildad, te has aceptado tal cual eres. Siempre supiste que eras la causa de los problemas de Alai, siempre supiste que eras el parasito en su cuerpo, y aun así te amas tal cual eres. Siempre has sido tú, nunca te has dejado domar y eso sin ser soberbia ha sido tu clase de humildad —afirmó dedicándole una sonrisa mientras Nebun se limpiaba el rastro de las lágrimas que habían caído de sus ojos. –Y por supuesto, has aprendido valentía.

—Bueno, siempre puedo revisar los archivos de las almas y averiguar cuáles son los conocimientos que te faltan. Pero Nebun, si hay conocimientos que no has adquirido, vas a tener que aprenderlos aquí, en este plano —agregó Morte con seriedad–. Estarás limitada, pero al menos siempre podrás contar con nuestra ayuda. Quizás nos tome décadas o siglos que lo logres, pero te prometo, como que mi nombre es Morte, que tu alma llegara a su descanso, —Se levantó y sacudió su capa. —Tenemos que irnos. Nos quedan algunas piedras que recolectar y tengo que ir a los archivos. El Sol esta pronto a salir, será mejor que descanses. —Stea también se levantó, pero antes abrazó por los hombros a Nebun.

—Gracias —les dijo a ambas sonriendo, y volvió a recostarse en su lecho, esperando que los sueños le regalaran alguna alegría.

Espejo roto: Nebun

-VII-
-Deseo-

Varias noches más tarde, Morte al fin consiguió los archivos del alma de Nebun. Según aquel documento, ya había aprendido de humildad en su primera vida, de valentía en la sexta, de dolor en la octava y de amistad en el Camposanto. Solo le faltaba conocer a su alma gemela y aprender el amor.

Mas para lograr esto, Nebun debía volver al otro plano y eso requería de un sacrificio. Stea había logrado convencer a Morte; solo un deseo y un poco de polvo de estrellas. Así Nebun ganaría un poco de tiempo viva y Stea una nueva roca. Tan solo había que formular correctamente el deseo, no simplemente desear estar viva por determinada cantidad de tiempo. Tenía que ser en la noche correcta y pedirlo con las palabras correctas.

—Entonces, ¿queda claro? —inquirió Morte a sus dos compañeras —. Nos encontraremos dentro de tres noches, allí en el claro de la arboleda. Cuando la primera estrella caiga, a la hora de las brujas, no antes ni después, pedirás el deseo —le dijo a Nebun —. Luego Stea dejará caer la piedra con el deseo cumplido. Como ella debe quedarse, yo te acompañare al otro plano —finalizó la encapuchada.

— Si—dijeron Nebun y Stea al unísono.

—Nadie debe saber que llevas…— agregó Morte –, diecinueve años muerta. Así que mejor que no te metas en problemas, las cosas no son como eran cuando moriste. Los seres humanos han avanzado tanto científica como tecnológicamente, y aunque humanitariamente hayan involucionado, no debes fiarte.

— ¿Cómo reconoceré a mi alma gemela? —preguntó Nebun. Aun no terminaba de procesar que llevaba casi veinte años muerta.

—Solo lo sabrás —dijo Morte–. Y si no yo te lo diré — agregó.

Stea sacó de su bolsillo un pequeño papel y lo colocó en la mano de Nebun.

—Aquí está el deseo. No debes leerlo hasta que no sea el momento, sino no servirá. —La abrazo rápidamente y tomó la mano de Morte alejándose. Nebun regresó a su lecho. La noche estaba tocando su fin. En pocas noches volvería al mundo de los vivos con una misión.

No podía creer que ya hubieran pasado diecinueve años de la muerte de Alai. El tiempo pese a seguir los ciclos naturales se le había hecho relativamente corto. Llegó a su tumba y acarició con los dedos el nombre de

Alai tallado en la roca. ¿Alguien de su vida pasada la recordaría? ¿O no reviviría en el mismo lugar donde murió? Debería haberle preguntado a Morte. Ella parecía saber varias cosas que Nebun ignoraba.

Suspiró y se recostó en su lecho, mirando como el atrapa sueños se mecía suavemente con la brisa. La rosa blanca brillaba captando la luz lunar. Un solo pasó más y al fin podría descansar para siempre.

Se durmió abrazada a la maleza, con el deseo escrito en el papel apretado en la mano.

Tres noches más tarde, las tres se encontraron en el linde de la arboleda. La noche estaba distinta. El viento rugía con furia y silbaba cortando el aire; la luna estaba oculta por negras nubes de tormenta. Nebun tomó una mano de Stea y una mano de Morte, Stea tomó la mano ofrecida por Nebun y su otra mano tomó la enguantada de Morte, Morte las tenía a ambas de la mano. Eran una triada para potenciar el poder de las estrellas. La hora de las brujas estaba cerca. Dos de las tres chicas cerraron sus ojos. La tercera vigilaba la noche esperando el momento indicado.

La hora de las brujas llegó. Morte apretó la mano de Nebun, ella, sin soltarse de sus compañeras, y tomando con dos dedos el papel que Stea le dio, recito el conjuro

—Estrellas caídas, les pido un favor, necesito volver a la vida, hasta dar con mi alma gemela. Cuando la encuentre, cuando cumpla la misión que necesito completar, por fin encontrare la paz. —La voz se le iba enronqueciendo a medida que recitaba las palabras. Un halo de luz las envolvió a las tres. Dentro de la triada, una lluvia resplandeciente caía a los pies de Nebun. Así como todo se iluminó, todo volvió a la oscuridad. Stea sonrió a los espacios vacíos de sus amigas. Había funcionado. Realmente había funcionado. En el suelo el destello de una piedra la obligó a agacharse. Sonriendo aún más feliz, guardó la piedrecilla en su bolsillo. Todo estaba funcionando muy bien. Ahora solo debía esperar.

-VIII-
-Caleidoscopio de sensaciones-

Un latido. Dos latidos. Tres latidos. *Tuc… tuc tuc… tuc tuc…* Como la caída de las gotas suicidas de una gotera, el sonido inundaba sus oídos. Se removió inquieta. Hacía mucho que no escuchaba latidos. Una de sus manos viajó de su costado a su pecho. Sin apoyar el pulgar, la palma se posó suavemente. *Tuc tuc… tuc tuc…* Ahí estaba. Constante, rítmico. Abrió sus ojos, y la luz la cegó un momento. Los cerró con fuerza, viendo a través de sus párpados el resplandor rojizo de la luz.

Luz. Y no cualquier luz. Era luz solar. Cálida, tierna. El aire se le atoró en la garganta. La realidad la golpeó obligándola a incorporarse de golpe. Estaba sobre una cama. Miró sus manos, estaban sanas, con un saludable color rosado. Sus uñas, antes rotas y ennegrecidas, ahora estaban prolijas, de un marfil casi transparente. Alejó la manta que la cubría y palpó sus piernas enfundadas en un pantalón de algodón. Estaban sanas. No había huesos cortando la piel. Remangó una botamanga, la piel clara y rosada la saludo. No había siquiera cicatrices.

Se levantó de la cama y dio cuatro pasos seguros. Su corazón seguía latiendo, sus piernas no se chocaban entre sí por la cadera rota, estaba viva. *Viva.*

Escaneó la habitación con sus ojos. No había mucho: a su espalda, una cama revuelta, a la izquierda una estantería, a su lado un armario y más allá a la derecha, una puerta entreabierta donde se adivinaba un pequeño baño. Caminó hacia allí inhalando una gran bocanada de aire antes de entrar. Cerró sus ojos y tanteó la bacha hasta tomarla fuertemente con las manos.

Lentamente abrió los ojos. Su mirada recibió la mirada de unos ojos chocolate. Elevó las cejas con sorpresa y su imitadora la copió; su boca, sus labios sanos y llenos se abrieron. El reflejo de una Nebun sorprendida con el rostro enmarcado en su cabello de fuego la hizo sonreír provocando que el espejo sonriera con ella. Estaba viva.

Un maullido la sacó de sus pensamientos alegres. Bajo el marco de la puerta abierta un gato negro con las pupilas dilatadas la miraba fijamente.

— ¿Morte? —preguntó confundida.

— ¿Esperabas a alguien más? —respondió la voz de su amiga en el cuerpo felino.

—Wow, un poco de carne te sienta bien —le dijo sonriendo Nebun.

—Podría decir que un poco de carne viva te sienta bien a ti —retrucó con sorna —. Pero tenemos cosas que hacer. Vístete. —El carácter de Morte no cambiaba ni si-quiera en el cuerpo de un animal. Nebun ensanchó su sonrisa y miró nuevamente el espejo. Todos sus dientes, como blancas perlas brillaban en las encías rosadas.

Cuando regresó a la habitación, Morte estaba recostada en la cama, hecha un ovillo. Acarició sus orejas con cariño y fue al armario en busca de ropa de calle.

— ¿De quién es este lugar?—preguntó Nebun mientras corría las perchas en busca de algo cómodo.

—Eso no es importante, tenemos este lugar y fin—respondió cortante –. Apúrate, no sabemos exactamente cuánto tiempo tenemos.

— Bien— dijo retirando del armario un jean clásico y una camisa negra.

Cuando terminó de vestirse, Morte se metió dentro de una mochila azul, Nebun la tomó y se la colgó contra el pecho.

—Ahora iremos adonde debería estar tu alma gemela —anunció Morte. Salieron del pequeño apartamento y comenzaron a caminar por una calle poco concurrida. Morte iba guiándola, avisándole dónde doblar o dónde cruzar.

"El mundo ha cambiado muchísimo en diecinueve años", pensó Nebun. Desde las calles, hasta las personas que se cruzaba en su camino eran diferentes. Morte la guío hasta una cafetería.

—Entra y pide lo que quieras, en el bolsillo externo de la mochila hay dinero suficiente —susurró, ocultándose más en la mochila.

Nebun ingresó al local, buscó una mesa contra el gran ventanal, se sentó y tomó la carta. Sus ojos leían ávidos el menú. La mitad de las cosas no sabía que eran y la otra mitad tenia nombres metafóricos. Temiendo encontrarse con un plato de caracoles ahumados, cuando un mozo le preguntó que deseaba pidió solo un café negro sin azúcar. La cara del mozo mutó de la alegría a la duda. Quizás porque acostumbraba a servir americanos cargados o frappes de moras. Recompuso su expresión alegre y anotó el pedido, alejándose hacia la barra.

— ¿Y bien? —preguntó Morte en su mochila.

— ¿Y bien, qué? —respondió Nebun moviendo sus pies bajo la mesa.

— ¿Qué te ha parecido tu alma gemela? —Los pies de Nebun se detuvieron.

— ¿Él es mi alma gemela?—preguntó incrédula. Sus ojos buscaron al mozo y anotó mentalmente que era guapo. Su cabello castaño oscuro estaba levemente despeinado, su tez trigueña brillaba cuando la luz del sol se colaba por los ventanales y tenía los ojos oscuros. Tendría que verlos de cerca para cerciorarse, pero suponían que eran de un marrón tirando a negro. Era alto, no exageradamente alto, pero alto al fin. Su cuerpo no se veía ni muy atlético ni pasado de peso. Era... *aceptable*; pensó.

—Por el tono de tu voz te notó decaída. ¿Esperabas acaso un adonis rubio de ojos claros, con el cuerpo fibroso y una billetera llena de billetes? —se burló la voz de Morte en la mochila.

—Shhh, cállate, ahí viene —le advirtió Nebun sonrojada. No recordaba la última vez que había sentido el calor picar en sus mejillas. Inconscientemente llevo una mano adonde antes había habido un agujero. La piel tersa acarició su palma, la tibieza del sonrojo caldeó su mano.

—Aquí tiene señorita —dijo el mozo mientras colocaba la taza de café negro frente a ella —. No la he visto antes por aquí, ¿es turista? —preguntó mirándola de cerca. Sus ojos, no eran tan oscuros como pensó. Eran más bien como un chocolate con miel, pequeños destellos de sol brillaban en ellos. Se quedó muda, quizás más tiempo del debido, observándolo fijamente. Morte en la mochila la pateó. Sacudió su cabeza, saliendo de sus pensamientos.

— Errrr, sí, sí. No soy de aquí; vine a visitar a una vieja conocida —dijo con la voz enronquecida. El sonrojo volvió más fuerte cuando el mozo le sonrió. —Mi nombre es Nebun — añadió, sin pararse a pensar en lo ridícula que sonaba.

—Que nombre tan particular – murmuró el mozo elevando una ceja –. Yo soy Gek. Cualquier cosa que necesites, llámame — agregó tomando la bandeja bajo su brazo y listo para irse.

—Sí, yo te llamo —susurró. Pero él ya se había ido —. Yo te llamo—repitió.

Gek. Sus ojos tenían algo conocido para Nebun. Pensó que quizás, al ser los ojos las ventanas al alma, sus almas se reconocían y por eso lo veía tan familiar. Suspiró y se enfocó en el café. Estaba llevando la taza a sus labios cuando notó, sobre el platito donde estaba la taza apoyada, una servilleta doblada. Dejó la taza en la mesa y la tomó.

Había unos números garabateados presurosos y el nombre de Gek firmando la nota. Sonrió. Y metió la servilleta en la mochila para mostrarle a Morte. Esta comenzó a ronronear, feliz por su amiga. Bebió su café, maravillándose del picor del líquido caliente y amargo bajar por su garganta. Buscó a Gek con la mirada, pero este no estaba por ningún lado. Levantó la mano, captando la atención de una moza y le pidió la cuenta. Dejó el dinero y la propina en la mesa y salió de la cafetería.

Comenzó a caminar sin ningún rumbo fijo hasta que encontró una plaza. Se sentó en un banco y abrió la mochila un poco más dejando salir a Morte. La gata salió con la servilleta en la boca y se acostó sobre sus piernas mirándola con intensidad.

—Debes llamarlo —dijo bajito. No había mucha gente en la plaza, pero sospechaba que un gato que habla, no importa cuanto haya cambiado el mundo, llamaría la atención.

—Lo llamo, ¿y qué le digo?—preguntó Nebun.

—Que te muestre la ciudad, tonta. Alguna excusa que requiera de su tiempo y charlas amenas —respondió con simplicidad. Luego estiró su pata hacia el bolsillo externo de la mochila—. Allí en el fondo hay un teléfono celular, marca su número y pregúntale si puede hacerte de guía turístico.

Nebun tomó la mochila y rebuscó en el bolsillo. Sacó el pequeño aparatito negro, lo miró del derecho y del revés, apretó un número y este iluminó una pantalla pequeña. Miró a la gata sobre sus piernas, pero Morte se había dormido.

Tomó la servilleta y el teléfono con la otra mano. Comenzó a marcar los números con cuidado, comprobando a cada momento no equivocarse en alguno. Llevó el teléfono a su oreja, fijando sus ojos en el mundo circundante. Había niños riendo, llenando el aire de alegría primaveral, había parejas retozando bajo la sombra de grandes árboles, había ancianos paseando con pasos lentos y la ayuda de bastones. La vida era hermosa, pensó, mientras el sonido de la espera pitaba en su oído.

— ¿Hola?— La voz de Gek en el auricular sonaba levemente diferente. — ¿Quién habla? —preguntó.

—Hola, Gek, soy Nebun. Me preguntaba si quizás podrías ayudarme—. Se palmeó mentalmente la frente, había sonado como una niñita asustada.

— ¿Estás bien?—. La preocupación en su voz la sobresaltó.

—Si sí, es solo que no conozco mucho por aquí y la persona que vine a visitar aun no llega. Quería saber si podrías hacerme un mini tour, ya sabes, para sorprender a mí amiga—dijo rápidamente, queriendo sonar más confiada de lo que se sentía.

—Oh claro. Si quieres nos encontramos en la cafetería en una hora. La ciudad es hermosa al atardecer — dijo. Nebun sonrió y se removió un poco en el banco, despertando a Morte.

—Está bien. Gracias Gek, eres muy amable—susurró. Sonrojada no esperó respuesta y cortó. Un largo suspiro abandonó sus labios. —En una hora en la cafetería—le dijo a la gata sobre su regazo, mientras volvía a guardar el teléfono y cerraba el bolsillo.

—Entonces, volvamos a casa a que te cambies. Necesitas causar buena impresión, así aceleramos el proceso —apuntó Morte metiéndose nuevamente en la mochila.

Completamente feliz, Nebun se alejó de la plaza, sonriéndole a cada persona que cruzaba, sintiendo un caleidoscopio de emociones estrujarle el acelerado corazón.

Espejo roto: Nebun

-IX-
-Amor-

Cuando Gek llegó a la cafetería, Nebun lo esperaba en la puerta. Tenía un vestido negro largo hasta las rodillas, unas zapatillas bajas también negras y un saco de hilo azul cubría sus hombros desnudos. Su cabello rojo brillaba captando la luz tenue del sol. Hilos de oro y fuego enmarcaban su rostro. La nariz medio respingada lucía tímidamente salpicada de pecas. Estaba bellísima.

Pero sus ojos... Sus ojos eran lo que habían capturado a Gek unas horas atrás. Eran como de chocolate fundido, ni muy oscuros ni muy claros. Brillantes. Inteligentes. Su sonrisa también era hermosa. Estaba sonriendo tímida a todos los que pasaban a su lado, como si con ella agradeciera cada instante el estar viva.

La saludó con una sonrisa, temeroso de ser rechazado si se acercaba demasiado. Un leve sonrojo pintó las mejillas de ella, y contagiaron a las de él.

— ¿Vamos? — dijo luego de carraspear. Ella asintió, dejando que la guiara —. Primero te llevaré a los lugares más turísticos de la ciudad— comentó. Nebun asintió emocionada.

— ¿Y luego?—preguntó confundida. Gek sonrió.

—Luego, si me lo permites quisiera invitarte a cenar—. El sonrojo de Nebun se hizo más notable. Asintió levemente.

Comenzaron a caminar. Pasearon por un camino de artistas, donde los artesanos exponían sus productos de distintos materiales en una feria. Luego recorrieron un museo de arte, donde las estatuas eran actores vestidos de blanco que interactuaban con el público visitante. Entraron a librerías, salones de la fama y casas de artistas de renombre.

Gek le hablaba de todo. Le contaba la historia de la ciudad, sus efemérides, le mostraba los monumentos importantes, mientras intercalaba entre cada relato alguna pregunta que Nebun respondía con sinceridad. Por fin llegaron a un parque donde Gek le dijo que estaba el lago artificial más hermoso del mundo, hogar de los gansos más violentos y salvajes. Nebun reía dejándose guiar, embelesada por la belleza de cada detalle.

Se sentaron sobre una roca frente al lago viendo como los gansos comenzaban a salir del agua en busca de su lugar de descanso mientras el sol se ocultaba lentamente. Tenían las rodillas pegadas una contra otra. La brisa nocturna comenzaba a soplar suavemente erizando la piel de Nebun, quien lejos de sentirse incomoda estaba maravillada. Su corazón se agitaba cuando la risa de Gek le acariciaba el pelo. Su respiración se volvía pausada, cuando la vida se le plantaba frente a ella en el hoyuelo secreto del rostro de él.

Estaba perdida en sus ojos cuando el sol se ocultó, cuando las sombras jugaron con los ángulos de su barbilla, cuando los destellos lunares llenaron sus pupilas. Ambos estaban muy cerca, respirando las exhalaciones del otro. Tomando dentro de sus almas los alientos mezclados. El reconocimiento de dos almas gemelas, la alineación planetaria perfecta, los ojos de Nebun se hundían en los ojos de Gek. Un suspiro, la mano de él cubriendo su mejilla. Los parpados cayeron, dándoles intimidad a los dos. Un roce cálido. Las estrellas comenzaron su danza alrededor de la luna. Dos almas gemelas se habían encontrado, y besaban sus mieles.

Lentamente, estirando el momento, fueron separando sus labios. Abrieron los ojos al mismo tiempo. Sus almas fluían conectadas. Los corazones de ambos latían desenfrenados. Una sonrisa perezosa reptó por los labios de Nebun, contagiando a Gek. Pero el momento se quebró, cuando Gek frunció las cejas y se levantó de su lugar.

— Lo siento. Yo... lo lamento —. Y salió corriendo de allí, dejando a Nebun completamente desorientada.

***

Era noche cerrada cuando llegó al departamento que compartía con Morte, quien la esperaba al pie de la escalera.

—Algo salió mal —murmuró cuando pasó por su lado y se internó en el baño cerrando de un portazo —. ¿Qué tan lejos estamos del Camposanto?— preguntó tratando de aguantar las lágrimas que quemaban sus ojos. Sus nudillos estaban blancos mientras apretaba la bacha.

Unos cuantos kilómetros— respondió la gata al otro lado de la puerta.

— ¿Podemos ir? —Nebun salió del baño, compungida.

—Sí, pero no creo que sea buena idea —musitó la gata enredándose en sus piernas esperando que la levantara.

— Por favor—. Apretó a Morte contra su pecho, tratando de respirar pese al nudo en su garganta.

—Bien —aceptó, saltando de sus brazos y metiéndose en la mochila –. Pero cámbiate, hay mucho camino que recorrer.

Nebun simplemente asintió.

Llevaba dos horas caminando con Morte en la mochila. Le ardía la garganta, los pies le quemaban, sentía frío y toda la alegría que había vivido durante el día había sido drenada de su cuerpo. Las verjas del Camposanto se dibujaban a la lejanía. La familiar silueta de nichos y mausoleos cortaban el horizonte nocturno. El arco de la entrada estaba cerrado, pero bastó empujar un poco la verja para entrar. Su chirrido quebró parte del silencio nocturno. La cerró dejándola exactamente como estaba y comenzó a caminar entre las tumbas, buscando la suya. Morte saltó de su mochila y se le adelantó, perdiéndose en el zigzag de sepulturas.

Un nuevo chirrido la sobresaltó y se volteó hacia las verjas. Con el rostro parcialmente cubierto por las sombras, un hombre se acercaba a paso lento. Nebun sintió el miedo recorrerle la espalda, erizando cada vello de su cuerpo. Las nubes que cubrían la luna se hicieron a un lado. El rostro de Gek quedo revelado. La respiración de ella se atoró en su garganta. Las lágrimas volvieron a golpear sus ojos. Gek se detuvo frente a ella.

— ¿Qué haces aquí? —preguntó con las cejas fruncidas. Nebun elevó una ceja.

— ¿Qué haces tú aquí? —retrucó ella. El miedo la había abandonado y la ira brotaba ahora de cada poro de su cuerpo.

—Vengo aquí cuando necesito pensar —dijo pasando de ella y caminando entre las tumbas. La miró por sobre su hombro —. ¿Qué haces aquí Nebun?— preguntó sin detenerse. Cuando lo hizo, a unos cuantos metros de ella, se arrodilló frente a una tumba. Nebun caminó hacia él, deteniéndose cuando notó donde estaba arrodillado. Un jadeo ahogado escapó de sus labios.

Gek estaba arrodillado frente a la tumba de Alai, acariciando con los dedos el nombre tallado, rozando apenas el atrapa sueños que Stea le había obsequiado.

— Hace muchos años, cuando solo era un crio, había una chica, unos años mayor. Era preciosa, pero siempre andaba sola. Las personas le temían, porque murmuraba y hablaba sola cuando caminaba por las calles –comentó con la mirada fija en la tumba frente a él —. Un día la vi rodeada de personas, pero sus ojos estaban muertos. Ya no hablaba sola, y siempre sonreía en respuesta a alguna cosa que le decían. Pero parecía que había perdido algo importante. Era un robot con una sonrisa, un cuerpo sin alma".

«Cuando al fin me iba a animar a hablarle, aunque solo fuera para escuchar su voz, me enteré que se había suicidado. ¿Sabes? Han pasado diecinueve años y no he podido olvidar su rostro. He venido a verla, a hablarle cada día hasta antes del atardecer. Y hoy, has aparecido tú. Exactamente igual a ella. He podido hablarte, te he besado como si la hubiera besado a ella... ¿Quién eres Nebun y qué haces aquí? —La tristeza en su voz le rompió el corazón. No lo recordaba de su vida pasada, no recordaba haberse cruzado con nadie como él cuando caminaba en el cuerpo de Alai.

— Yo soy...— la voz se le enronqueció negándose a salir más allá de sus labios.

— ¿Quién eres?—repitió Gek levantándose.

— ¡Yo soy Nebun! ¡Yo soy el alma que compartía el cuerpo de Alai! Yo fui la que saltó y nos mató en el proceso. Yo soy la voz que respondía sus murmullos. ¡Yo fui su locura y su muerte! —gritó al cielo, con los brazos levantados mientras su cuerpo se sacudía en espasmos de dolor —. Yo era la vida en sus ojos, y fui la muerte en su carne. —Nebun bajó los brazos y se abrazó a si misma dejando salir todo el dolor y la culpa –. Ambas morimos hace diecinueve años, y yo he estado viviendo durante las noches en este lugar. Me preguntaste que hacia aquí;

aquí vivo, este es mi hogar. Aquí he hecho amigas que en vida me han negado las palabras. Aquí he sido feliz como nunca en la vida de Alai lo había hecho—. Las lágrimas corrían por sus mejillas... Quería gritar, quería desgarrar su garganta y arrancarse la piel a tiras, quería recostarse en su tumba y dejar que los gusanos se la tragaran. Pero no, estaba ahí, frente a su alma gemela vomitándole la verdad.

— ¿Por qué?— preguntó Gek tomándola de los hombros.

—Porque yo también quería vivir, porque yo quería ser feliz, porque yo quería ser libre. Pero ella me negaba, ella se medicaba y me anulaba. Me dejo una larga temporada gritando sin voz, hasta que un día pude regresar, y me ofreció libertad. – Levantó la mirada. Había tanta comprensión como rechazo en sus ojos –. Era un parasito en su mente, era la razón de su tristeza, y no podía evitarlo, estaba atrapada en ella y necesitaba salir. Por eso salté, por eso la insté a saltar aquel atardecer, porque ya no habría burlas ni murmullos a nuestro paso. Ya no tendríamos la etiqueta de locas, porque ella podría descansar y yo podría vivir. Pero me equivoqué, porque los últimos diecinueve años he llevado una vida a medias. ¿Ves este rostro? ¿Ves la piel tersa? Acaricia mi mejilla –pidió colocando la mano de él en su rostro—. Esta cálida, está viva. –Tomó la mano de él nuevamente y la coloco sobre su pecho, allí donde su corazón latía desaforado —. ¿Lo sientes latir? Imagina cargar durante diecinueve años con un corazón mustio –Soltó su mano y bajó la mirada—. Yo solo quería vivir, ser libre. –

—Si vives aquí, ¿cómo es que jamás te he visto? — preguntó él. Nebun levantó la cabeza, confundida.

—Solo puedo salir de la tumba cuando oscurece y debo regresar a ella antes de que el sol salga. —Lo miró a los ojos, sintiendo su corazón saltearse varios latidos.

— ¿Por qué estas así entonces?—inquirió Gek.

— ¿Así cómo?—murmuró ella.

—Viva—susurró esquivando su mirada.

—Porque tenía que cumplir una misión, para al fin descansar en paz –respondió con honestidad.

— ¿Qué misión?— La miró de reojo.

—Debía conocer a mi alma gemela. —Sus ojos se volvieron a cristalizar y una sonrisa tímida le curvó los labios. Un maullido llamó su atención. Detrás de Gek, sentada en una lápida, Morte levantó la mirada señalándole la luna: la hora de las brujas –. Debes irte— dijo con firmeza. Sentía su cuerpo vibrar suavemente. Pronto dejaría de tener un corazón que latía, pronto regresaría a ser un cadáver ambulante.

— ¿Por qué?— preguntó Gek dando un paso hacia ella. Nebun retrocedió.

—Porque sí. Vete— dijo y emprendió camino alejándose de él. Iría al mausoleo abierto. Allí se encerraría hasta que el cambio se completase. Allí se quedaría hasta la noche siguiente. Había cumplido su misión, había conocido a su alma gemela. El amor. El amor se había tornado vergüenza y dolor, rabia e incertidumbre. No había pensado bien cómo explicar que ella estaba muerta y aun así pretender que la amara. Esa basura de las almas gemelas era una mentira. Un placebo para aplacar los dolores de la desesperación, una venda en una hemorragia. El amor era algo que le estaba negado. El amor, a fin de cuentas, era el dolor más grande de la vida, y ella ya había aprendido de dolor. Y estaba muerta.

El amor se quedó parado, viendo como ella se alejaba, sintiendo el corazón apretado en el pecho, sintiendo su angustia perforarle la piel. El amor no entiende de edades, le habían dicho, no entiende de razas ni religiones, no entiende de géneros ni ideologías. El amor no entiende de vida y muerte. El amor está loco, como lo estaba ella, y como lo estaba él.

-X-
-El vals-

Hacía frío. Sentía parte de su rostro completamente congelado. Abrió los ojos, encontrándose en una habitación oscura. Poco a poco los recuerdos de la noche anterior llegaron a ella. La vida, el café amargo, el beso, Gek, Alai.

Alai. Mordió con fuerza sus labios quebrados. Siempre Alai, nunca Nebun. Sacudió su cabeza. Ya era suficiente. Tenía una eternidad por delante y esconderse en un mausoleo hediondo no era la solución. Se incorporó, quejándose por los músculos agarrotados. El frío se le había calado hasta los huesos muertos. Bufó.

Cuando salió a la noche, la luna la saludó desde su trono. Una brisa cálida meció su cabello enredado y el arrastre de las hebras le hizo cosquillas en la aplastada nariz. Sonrió y empezó a caminar rumbo a su tumba. Pero a unos pocos metros se detuvo. Un escalofrió la recorrió entera.

Allí, en su tumba, había un gran ramo de rosas blancas. Se acercó sigilosa, mirando para ambos lados en busca de algún intruso y se acuclilló junto a su tumba; dejando que cada hueso crujiera a modo de queja. Tomó las flores dispuesta a dejarlas en cualquier otra tumba, pero su mirada se quedó prendida en la lápida. Allí, en la dura piedra, bajo el nombre de *Alai*, un tímido y desprolijo *Nebun* yacía tallado.

El ramo, olvidado, se deslizó al suelo dejando caer un pequeño sobre.

Con las manos temblorosas, Nebun tomó el sobre.

"Déjame conocerte. G."

Suspiró. Aquello no iba a salir bien. Tomó la nota y la apretó en su mano. Sus manos volvían a estar rotas y podridas. Sus uñas largas y negras. Suspiró nuevamente, así debía ser. Ese era su destino. Con la nota abollada en una mano y las flores en la otra, fue repartiendo cada rosa del ramo en una tumba diferente. Aquellas más viejas, aquellas de los más jóvenes, en las más descuidadas, en las rotas. Se tomó su tiempo para admirarlas y continuó su camino. Cuando el ramo se acabó, tiró el envoltorio y la nota en un tacho de basura. Estaba mirando el fondo de la basura cuando una mano helada se posó en su hombro.

—Vamos, tenemos que hablar — dijo Morte soltándola y comenzando a caminar. Nebun asintió y siguió a su encapuchada amiga. Cruzaron el linde de la arboleda hasta llegar al claro. Allí las esperaba Stea, sentada en una roca con sus ojos fijos en el cielo.

—He restaurado la cantidad de piedras que use para tu atrapa sueños —murmuró perdida en otras cavilaciones —. Pero he de marcharme, mi tiempo aquí llego a su fin –dijo mirándola. Nebun dio un paso y luego otro, hasta llegar a ella y abrazarla.

—No quiero que te vayas —susurró contra su cabello.

—Pero tengo que irme –La apretó fuertemente contra si—. Y tú tienes aun una misión que cumplir —dijo bajito.

—Ya no hay tal misión. Encontré a mi alma gemela, pero hay un par de diferencias entre nosotros que nos impiden todo—explicó Nebun separándose de ella.

— ¿Qué diferencias?—Interrumpió Morte, que se había mantenido a una distancia prudente del abrazo de las otras dos.

—Para empezar, que él está vivo y yo muerta —respondió Nebun bajando la mirada.

—Bueno, eso puede solucionarse —dijo Morte con alegría en la voz.

No vas a matarlo —sentenció Nebun mirándola fijamente.

—Nebun —llamó Stea—. Sabes que el amor no es solo físico, ni tampoco es necesario tener un corazón latente para sentirlo, ese es solo un órgano que bombea sangre. El amor, el amor real trasciende tiempo y espacio, y más si viene de una alma gemela, —La tomó de las manos, pidiéndole que la escuchara con atención—. Morte me ha contado lo que ha sucedido y hoy he visto a un joven ir a tu tumba a dejarte flores. Estuvo largo rato ahí, murmurando, acariciando tu lápida. – Nebun bajó la mirada nuevamente—. Tengo un último obsequio para darte, pero no he sacrificado ninguna piedra, son objetos mundanos —dijo sacando de su bolsillo un lápiz y un anotador.

— ¿Qué se supone que haga con esto? —preguntó confundida mientras tomaba ambos objetos.

—Pues, escribir tu propia historia de amor y locura, querida amiga. —Sonrió y Morte rio también —. ¿De qué te ríes? —preguntó mirándola con enojo.

— ¿Sabes lo bizarro que es una historia de amor entre una muerta y un vivo? — Respondió ahogando una risita—. Es casi tan bizarro como una amistad con la muerte y una estrella caída. —A Nebun se le escapo una risita y Stea tampoco pudo evitar sonreír.

—Tienes razón pero, ¿no es romántico? —preguntó. – Escribirte notas con tu alma gemela en el cementerio... claro que podría haber sido en otro escenario, pero es lo que tenemos. —Su voz apagó levemente la risa y volvió a enfocarse en Nebun—. Tienes que prometerme que harás cuanto esté en tus manos para lograr tu misión —agregó más seria.

—Está bien—aceptó al fin, y volvió a abrazar a Stea—. Prométeme que algún día volveré a verte —pidió.

—Siempre. Tu solo busca la estrella más torpe del cielo y ahí estaré yo—dijo sonriendo y, devolviéndole el abrazo.

Cuando se separaron ambas tenían los ojos empañados y Morte lucia incómoda. Stea dio a Morte un abrazo medio torpe. Morte le palmeó la espalda.

—Ya, cuídate— dijo. Stea asintió.

—Adiós... amigas—susurró, y un halo de luz bajo de los cielos abrazándola y cegando a Nebun. Parpadeó hasta que volvió a acostumbrarse a la oscuridad, Stea ya no estaba allí.

—La extrañaré —dijo a Morte.

—Sí, yo también—respondió ella.

— ¿Y ahora qué? —preguntó Nebun mientras emprendían la marcha hacia el Camposanto.

—Ahora creo que tienes una nota que escribir y yo almas que recolectar —suspiró Morte —. El paseo al mundo de los vivos me ha retrasado en mis labores y la recolección de piedras con Stea ha mermado la calidad de mi trabajo. Los humanos empiezan a pensar que pueden ser inmortales. Ilusos —murmuró despectivamente.

—Está bien, supongo que nos veremos pronto, ¿verdad?—comentó triste Nebun.

—Sí, adiós Nebun. Suerte. —Y las sombras de los mausoleos se tragaron su figura. Nebun suspiró y caminó hacia su tumba. Se sentó con las piernas cruzadas, y observó fijamente el anotador.

Garabateó unos dibujos, trazando el papel con el lápiz. Una media luna, un corazón, un infinito, y una pequeña tumba. Murmuró algunas incoherencias y trazó la primera letra. Y luego la segunda, y finalmente tenía una oración, a la cual le siguió un punto y otra oración más. Cuando faltaban apenas minutos para el amanecer, había escrito cada hoja del anotador, contándole de su vida, de su muerte, de su vida en el Camposanto, de sus amigas, del dolor de la partida de Stea, de la culpa que sentía por haberle arrebatado la vida a Alai. Dejo en cada palabra su alma impresa, impregnada de dolor y de cariño. Algunas hojas habían sido manchadas con lágrimas. Algunas palabras tachadas, pero ahí estaba, su biografía, su ser. Firmó el anotador y le pidió si podía dejarle otro. Lo colocó apoyado en la lápida, antes que la tierra se la tragara cuando los primeros tímidos rayos de sol alcanzaron el mundo.

Cada despertar la recibía con un anotador nuevo, una nota de Gek y algunos lápices extras. Luego de las palabras serias, comenzaron una charla superficial entre nota y nota. Tampoco faltaba el ramo de rosas frescas de cada día, que Nebun insistía en repartir entre las tumbas olvidadas. Las noches y los días corrían velozmente. Cada amanecer ella esperaba impaciente el atardecer y cada atardecer él esperaba pacientemente el amanecer; la espera daba sus frutos, pues ambos corazones, el que latía y el que no, se llenaban de una calidez enorme.

Una noche, Nebun no recibió ninguna nota, ni ningún ramo de flores. Pero recibió otra cosa. Allí al lado de su tumba, estaba Gek sentado, con la frente apoyada en sus rodillas. El temor la embargó, él no la había visto muerta. *« ¿Y si se asusta? ¿Y sí me rechaza por mi carne fétida? ¿Y si la repugnancia aparecía pintada en sus ojos hermosos? »*

Se levantó de golpe, haciendo crujir la maleza, y la cabeza de Gek se elevó disparada por el sonido. Se puso de pie, a unos pasos de distancia de ella.

Sus ojos la estudiaron, desde los cabellos sucios hasta sus pies descalzos. Se detuvo allí y allá donde sus huesos sobresalían de las prendas. Y le sonrió.

—Para haber saltado de un décimo piso, esta bastante entera —dijo con la sonrisa en sus ojos. Los ojos de

Nebun buscaban algún indicio de rechazo, alguna tensión en su cuerpo que delatara que estaba asustado, pero no había nada.

— ¿No tienes miedo? —preguntó con timidez.

— ¿Debería tenerlo?—preguntó él como respuesta. Ella negó con la cabeza— ¿No vas a morderme y convertirme en zombie?—Inquirió alzando los brazos teatralmente. Una risa pequeña escapó de los labios de Nebun.

—No, no soy de ese tipo de zombies— dijo al fin.

—Bien. ¿Y qué haces aquí para divertirte?— preguntó curioso.

—Bueno, cuando no estaban Stea y Morte, solía asustar a los incautos que vienen en busca de fantasmas errantes —musitó con una sonrisa en los labios, recordando aquellos espectáculos de terror que acostumbraba montar.

— Eso... eso es muy divertido, ¿verdad?—inquirió Gek mientras se acariciaba la barbilla. Distraídamente había ido acercándose a ella hasta quedar frente a frente.

—Sí, si lo es —respondió incomoda por su cercanía –. Pero hay algo que siempre quise hacer y nunca he podido —murmuró.

— ¿Qué cosa?—Los ojos de él estaban fijos en los de ella, sus almas agarradas de las manos.

—Bailar bajo una lluvia de estrellas—Se palmeó la frente mentalmente. « *¿En serio?* »

—Entonces, bailemos, mi querida dama—susurró con la voz fingidamente galante y realizó una reverencia teatral que borró la incomodidad de Nebun y la hizo sonreír.

—Pero no tengo un vestido, ni hay una lluvia de estrellas—respondió.

—Todo eso es solucionable, mi querida dama. Solo deme tiempo —Y en un arrebato robó de sus labios un roce, antes de alejarse dejándola allí parada, completamente mareada.

Pasaron cuatro noches hasta que Gek volvió a dar señales de vida. Cuando lo hizo, estaba vestido con un traje de etiqueta, de un negro brillante que captaba pequeños destellos de la luz lunar. En su mano cargaba una bolsa oscura y sus pasos eran tan serios y directos que Nebun pensó que se había vuelto completamente loco.

— ¿Qué es eso?—inquirió cuando llego frente a ella.

— ¿Esto? Es una bolsa —respondió con sorna.

—Lo sé, ¿que hay dentro?—La curiosidad estaba mermando su paciencia. Gek lucia muy guapo, con la camisa blanca resaltando bajo el saco negro. Demasiado elegante para estar parado en un cementerio hablando con una muerta.

—Un envoltorio para una rosa blanca —dijo entregándole la bolsa —. Esta noche, en unas horas habrá una lluvia de estrellas —comentó, y la dejó allí parada, otra vez. Mientras sus pasos se dirigían al linde de la arboleda.

Nebun tomo la bolsa y buscó el viejo mausoleo abandonado. Con cuidado se desvistió, su ropa andrajosa se desprendía de su cuerpo en tiras. Así como se la sacaba la dejaba caer descuidada al suelo.

Abrió la bolsa y metió su mano. Una tela suave la recibió. Retiró de la bolsa aquella tela, Parecía seda pero no era fría sino cálida al roce. El vestido era largo, bastante largo ya que lo arrastraba un poco. Pero la tela la abrazaba, ligera y suave.

Cuando salió a la noche, la luna brillaba redonda en el cielo. Una brisa tenue removió la tela del vestido, dándole el visto bueno. Con una mano sostuvo parte de la prenda para no arrastrarlo tanto en el sucio suelo. Y comenzó a caminar hacia el claro de la arboleda.

Allí estaba Gek, admirando el firmamento con las manos en su espalda. Una rama le advirtió de su presencia y se volteó suavemente para enfrentarla. Sus ojos se abrieron con sorpresa y una sonrisa pícara reptó en sus labios. Dio un paso hacia ella, encontrándola a medio camino y la tomó de la mano libre.

—Estas bellísima—murmuró estudiándola en detalle. Quizás si estuviese viva podría haberse sonrojado, mas simplemente asintió y bajó la cabeza mientras él la guiaba más hacia el centro del claro.

—El vestido es bellísimo, no yo—dijo ella, admirándolo. Era de un azul oscuro, opaco.

— ¿Alguna vez has bailado el vals?—preguntó desestimando sus últimas palabras. Nebun negó con la cabeza—. Pon tu mano derecha en mi hombro— indicó y tomó su mano izquierda—. Yo pondré mi mano libre en tu cintura. —Nebun lo miró con una ceja alzada y Gek rio—. No quiero parecer insolente, si ese es tu miedo— dijo colocando su mano unos centímetros más arriba de su cadera.

—No sé bailar— murmuró apenada.

—Déjame que yo sea el guía—pidió.

La luna los observaba con una sonrisa brillando. Sus esclavas, las estrellas, comenzaron a caer primero una y luego muchas más. La brisa nocturna los envolvía, en cada giro, en cada paso. Nebun creyó que su corazón podría reventar de alegría. Sus ojos fijos en los de Gek hacían de nexo a sus almas, quienes danzaban de igual modo, incorpóreas.

—Hace poco vi una estrella fugaz —comentó con la voz ronca–, y pedí un deseo, —Sus pasos se hacían cada vez más lentos, sentía su aliento más espeso a cada instante. Un escalofrío la recorrió. El aire se le antojo demasiado denso a Nebun. Las palabras de Gek sonaban lejanas.

— ¿Qué deseaste? — preguntó con el miedo pitando en sus oídos. Sin darse cuenta sus pasos habían dejado de seguirlo, el terror se dibujaba en sus ojos muertos. Se deshizo de sus manos y dio un paso atrás.

— Estar contigo para siempre—murmuró Gek. Su tez empezaba a tornarse grisácea, sus ojos comenzaron a velarse. Un paso torpe y la tomó de la mano nuevamente, atrayéndola hacia sí. Los ojos de Nebun se llenaron de lágrimas, se sentía como en una obra de Shakespeare; trágica, románticamente dramática. Nebun apoyó la cabeza en su pecho, mientras aun giraban bajo la lluvia de estrellas, escuchando como poco a poco su corazón dejaba de latir.

El primer vals de ella. El último de él.

Espejo roto: Nebun

Espejo roto: Nebun

-Bonus Text-

Estaba sentado en mi habitación, mirando por la ventana los vehículos pasar y las nubes correr por los cielos. El ir y venir de los vecinos, escuchando la risa de los otros niños jugando calle abajo, los gritos de las madres para que entraran a merendar. Y mis tareas me lanzaban dardos a la nuca por no adelantarlas. Veía sin ver el asfalto gastado de la calle bajo mi ventana, con el sonido de la normalidad como música de ambiente.

No fue si no, hasta que escuché el silencio que mi mirada se enfocó en la calle nuevamente. Los vecinos se apartaban, cruzaban miraditas y murmuraban en silencio. Estiré mi cuello un poco más sobre el alfeizar y la vi.

Caminaba despacio, con la mirada fija en el suelo, moviendo los labios. De vez en cuando levantaba la cabeza y la volteaba para el lado de las vidrieras, sonriendo de costado, ocultando aquella sonrisilla en su cabello. Su cabello, fuego físico, corpóreo y danzante que se mecía al compás del viento. Pero no era su sonrisa oculta, ni su cabello fogoso, no, era más que eso, eran las hebras que brillaban en sus ojos. Podía verlas desde aquí, o mejor dicho, podía recordarlas y acomodarlas en su imagen actual. Sus ojos eran la maravilla inexplorada, un misterio reptante que brillaba en el fondo de sus orbes de chocolate fundido y miel. Sus ojos hablaban, pero no era una voz melodiosa, ni angelical, eran gritos, eran alaridos que se quebraban y dibujaban estelas en sus ojos.

No podría explicarlo, y si lo hiciera quizás perdiera el tiempo que me resta de vida. Pero sus ojos gritaban, lo hacían, estoy seguro, así como estoy seguro de que mi tarea no se hará sola, estoy completa y absolutamente seguro de que sus ojos, esos orbes ocultan algo más, algo que grita y demanda libertad, algo que está vivo más allá de lo que cualquiera pueda ver.

—Gek—el grito de mi madre me sobresalto, vuelvo a mirar la calle, ahora vacía de toda humanidad, sin risas ni murmullos, solo silencio, y sus pasos lentos, y su cabello danzante, y esa sonrisita oculta. —GEK VEN AQUÍ EN

ESTE INSTANTE—no tengo opción, me alejo de la ventana, y miro mis tareas acumuladas, quizás durante la noche las termine. No llego a la puerta, pues mi madre la abre rápidamente desde el otro. —¿Por qué no respondes cuando te hablo? Llevo llamándote una eternidad. —me reprende. La observó detenidamente, sus ojos son normales, café, simples y planos. Los ojos de mi padre son iguales, los de mi vecina también, y los de la señora de la panadería son de un azul claro, como el cielo del mediodía, pero igualmente planos, vacíos, sin nada más allí. —¿Estas escuchándome? —me pregunta, y yo asiento, aunque no le escuche palabra, o si, no lo sé. —¿Y qué esperas hijo? —me preguntó, y el movimiento de su pie me dijo que es mi última oportunidad.

—Disculpa, ¿Qué mamá? —pregunté con inocencia fingida. —Estaba pensando en mis deberes, perdón. —las mentiras tienen patas cortas me han dicho, pero si la mentira es cortita, ¿Qué tan cortas han de ser sus patas?

—Qué si puedes ir a la panadería, tu padre no tarda en llegar. —La mentira debe ser tan corta como lo son sus patas, eso es, si las patas fueran más cortas que la mentira corta, pues entonces no tendría estabilidad y se caería la verdad. Pero a mi madre parece no importarle, ni siquiera cuando ve sobre mi hombro mis deberes en blanco, o mi cara de desconexión absoluta.

Mi madre está acostumbrada a las mentiras supongo, papá siempre le miente unas diez veces por día, y a veces ni siquiera le dice nada, como si sus mentiras ya no tuvieran patas. El pie de mi madre sigue golpeando rítmicamente el suelo, ¿Me he quedado con la boca abierta pensando?

—Sí, un segundo y voy. —le digo, como si eso respondiera cualquier cosa que me haya dicho. Me mira un momento, pero sin mirarme realmente, suspira y se va dejando la puerta entornada.

Vuelvo a asomarme a la ventana, ella está regresando por el camino que vino, si salgo ahora, quizás pueda cruzarla antes de llegar a la esquina. Si la cruzo, podría sonreírle y mirar en sus ojos a ver si los gritos se oyen. Me alejo de la ventana y tomo mi abrigo, bajo las escaleras de dos en dos y tomo el dinero que mi madre me ha dejado junto a las llaves. No sé qué debo pedir cuando llegue a la panadería, solo sé que puedo cruzarla

camino a ella, y si la suerte me abraza; incluso podría sa-
ludarla.

El aire frio me corta las mejillas, el viento desparrama
mi cabello corto, la calle esta desierta, los vecinos se han
ocultado como el sol al atardecer, temerosos de los murmullos monótonos y de las sonrisas secretas, cobardes
antes los ojos que gritan.

Esta allí, caminando hacia mí, pero con sus ojos cla-
vados en las baldosas grises. Camino despacio, ralenti-
zando el tiempo para que el efímero instante en que
nuestros pasos se alternen sea eterno. Esta justo delante de mí, sonriendo con la cara vuelta hacia su cabello, y mis mejillas arden tirantes cuando mi sonrisa aflora
en mis labios. Ella logra aquello, que su sonrisa tímida,
envalentone la mía cobarde. El fuego de la valentía crece
en mi interior como su cabello se desmenuza hacia el
viento y contra el sol.

El tiempo se detiene, en el preciso instante en que
mis pasos se alinean con los suyos, cuando sus ojos se
elevan de la gris monotonía hacia mi rostro. Y allí, mientras el universo se traga su aliento, mientras el viento se

detiene y deja su cabello flotando paralizado en el aire. Sus ojos, congelan mi sonrisa. Pero son sus gritos mudos, esos que están en las hebras dibujadas en sus ojos, las que apagan la llama de mi valentía. Sus gritos mudos, zumban en mis oídos, cuando el tiempo vuelve a su velocidad, y sus pasos se alejan de los míos quietos.

No recuerdo haber llegado a la panadería, tampoco recuerdo saber que contenía la bolsa que le dejé a mi mamá en la encimera de la cocina, ni las respuestas mecánicas que le ofrecí a mi padre durante la cena. Tampoco recuerdo haber completado mis tareas esa noche. Solo recuerdo, que sus gritos mudos provocaron mis gritos nocturnos. Que, desde esa noche, la soñé y la escuché cada noche, que, desde esa noche, lo que era solo curiosidad floreció en una rosa, y que esa rosa reposó en su tumba cuando supe que se había matado.

¿Habrán sido sus gritos lo que la llevaron a saltar?

¿Habrán logrado escapar de sus ojos los gritos cuando su garganta se quebró en el pavimento?

Espejo roto: Nebun

Espejo roto: Nebun

La autora:

Catalina Belén Jacob Nacida el 6 de julio de 1992 en Buenos Aires, Argentina.

Amante de la lectura desde muy chica, apasionada por relatos fantásticos en español y otros idiomas, lo que le ha permitido tener una riqueza en su vocabulario e imaginación sin igual. Gustosa por los idiomas, y ligada a ellos desde temprana edad. Estudió inglés la mitad de su vida y dedicó un par de años a aprender rumano. Su pasión por la escritura se remonta al comienzo de su adolescencia, pero en sus hijos, Eros y Luna, encontró la musa y la energía necesaria para darle forma a sus primeras obras: La Saga Rota. De la cual empezamos a disfrutar de su primera parte: "Espejo Roto: Nebun" a principios del 2017.

www.ingramcontent.com/pod-product-compliance
Lightning Source LLC
Chambersburg PA
CBHW061248140726
47998CB00006B/2150